김중석

대학교에서 서양화를 전공하고 대학원에서 미술교육을 공부했다. 고등학교와 대학교에서 학생들을 가르치다가 30대 후반에 그림책 작가가 되었다. 그림책 『나오니까 좋다』, 산문집 『잘 그리지도 못하면서』를 지었고, 여러 어린이책에 그림을 그렸다.

고양, 서울, 광주, 원주, 제주 등의 지역에서 성인을 위한 그림책 만들기 수업 및 '드로잉 교실'을 열었다. 순천에서 한글을 배우는 할머니들('순천 소녀시대')과 함께 그림을 그린 이야기는 『우리가 글을 몰랐지 인생을 몰랐나』라는 책으로 만들어져 여러 매체에 소개되었고 뜨거운 호응을 받았다.

지금은 그림책 작가이자 전시 기획자로 활동하고 있다.

그리니까 좋다

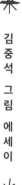

김중석 그림 에세이

창비

작가의 말

나에게 그림 그리기는 놀이이고 쾌락이었다.

종이 위로 끄적끄적 손을 움직이면 머릿속에만 떠돌던 것들이 구체적으로 눈앞에 나타났다.

그린 그림을 벽에 붙여 놓고 한참을 바라보면 근심을 잊을 수도 있었다.

이렇게 재미있던 그림 그리기가 일이 되면서 상황이 바뀌기 시작했다.

어느 순간부터 출판사의 의뢰가 없으면 그림을 그리지 않았고

마감에 맞추기 위해서 힘겹게 그리는 나를 발견했다.

즐거운 그림이 아니라 틀에 갇힌 그림이 나오기 시작했다.

책에 실리는 그림을 그리다 보니 내가 그리고 싶은 것을 마음대로 그리지 못했다.

글에 맞는 그림을 그려야 했고, 많은 사람들의 의견을 듣고 고쳐야 했다.

큰일 났다. 나의 즐거운 놀이가 자꾸 사라지고 있었다.

'내가 좋아하는 일을 왜 즐기지 못하고 있는 걸까?'

'왜 맨날 비슷한 것만 그려야 해? 내 마음대로 그려 보고 싶어.'

어느 날부터 괴물 그림을 그리기 시작했다.

마음이 편안해지자 붓이 자유롭게 움직였다.

무엇을 묘사할 필요가 없어졌다. 상상에 색을 더해서 그려 나갔다.

더 자유롭게, 내 멋대로 그렸다. 그림은 원래 그러는 거니까.

어떤 그림이 '좋은' 그림일까?

있는 것을 '보이는 그대로' 그린 그림도 재미있다.

하지만 내가 생각하는 좋은 그림은 작가가 '마음껏 상상한' 그림,

감상자를 '마음껏 상상하게 하는' 그림이다.

그린 사람의 마음과 느낌이 그대로 드러나는 그림,
감상자가 각자의 생각을 풀어내고 덧입힐 수 있는 그림.
아직 꺼내지 않았을 뿐 누구에게나 이런 그림을 그리는 재능이 있다.

이 책에 실린 그림들은 여러 가지 재료와 도구로 그린 것이다.
하지만 여러분이 그림을 그리기 위해 내가 쓴 것들이 모두 필요한 건 아니다.
연필 한 자루만 있어도 얼마든지 멋진 괴물을 만들어 낼 수 있다.
누구나 이 책에 있는 그림들을 따라 그리기도 하고
다르게 그려 보기도 하면서 그림 그리기를 마음껏 즐겼으면 좋겠다.
우리 모두 그릴 수 있다. 단지 시간을 내서 집중하지 않았을 뿐.
우리는 예술가로 태어났으니까.

김중석

차
례

002 작가의 말

006 그림을 그리니까 ─ 김덕례, 김영분

008 그림을 그리는 이유

010 왜 괴물이냐고?   034 그림을 그리니까 ─ 김정자, 손경애

012 마음대로 감상해   036 재능이란

014 설렁설렁 그리는 기술   038 할머니들과 그림을 그리면

016 그림의 속도   040 눈물이 핑

018 우연히 시작되고 갑자기 끝나는 그림   042 잃어버린 대담함

020 계획은 계획일 뿐   044 미술 점수란

022 계속 의심하고 있구나   046 미술 대회 심사

024 내가 만든 세계   048 미술 시간이 싫어질 때

026 엉뚱하게 그리기   050 스케치는 필요 없어

028 책에 그림을 그릴 때   052 안 되는 건 없어

030 최고의 칭찬   054 얼마큼 크게 그려야 할까?

032 시간을 되돌리는 그림   056 그림은 많은 것을 바꾼다

058 그림을 그리니까 — 김명남, 김유례

060 무엇을 그려야 할까?

062 그림의 시작

064 그림으로 상상하기

066 화가 난 날에는

068 실력이 늘려면

070 그림도 운동처럼

072 처음엔 아무것도 없지만

074 과감하게 망쳐 보자

076 잔소리는 사양!

078 동그라미, 세모, 네모

080 의외의 성과

082 한 발자국 더

084 크게 작게

086 법칙을 깨는 재미

088 마지막 터치

090 그림을 그리니까 — 안안심, 한점자

092 실, 병뚜껑, 수세미, 스펀지

094 낯선 재료에 당황하지 않기

096 낡은 붓도 좋아

098 재료를 찾아서

100 연장 좋아하는 목수

102 화방에 갈 때의 마음

104 허전할 땐 콜라주

106 그리기 싫을 땐

108 재료 소개

✳ 그림을 그리니까 ✳

나도 그림을 그릴 수 있다.

그림을 보면 조금씩 마음이 간다.

그림을 선생님한테 보여 줄 때 기분이 좋다.

못 그려도 잘한다고 하니까 신이 난다.

책 속의 내 그림을 보면 쑥스러운데

식구들이 잘했다고 하니까 보약 먹은 것 같다.

꽃 그림을 그릴 때는 어릴 때 수놓던 것이 생각나서 좋았다.

— '순천 소녀시대' 김덕례 —

그림을 그리니까 속의 화가 다 풀리는 것 같다.

그림을 이상하게 그려도 선생님 칭찬을 들으면

신이 나서 그림이 더 잘 그려진다.

꽃을 그리고 나비를 그리고 어찌 내가 이 그림을 그렸을까

신통방통해서 사진 속 우리 영감한테 자랑한다.

그림을 그리니까 내가 훌륭한 사람이 된 것 같고

자식들한테 자랑거리가 생겨 너무 좋다.

— '순천 소녀시대' 김영분 —

그림을 그리는 이유

그림은 왜 그리는 걸까? 관찰력을 기르기 위해서?

자기 표현력을 높이기 위해서? 마음을 차분하게 하고 무엇엔가 집중하기 위해서?

나에게 그림 그리기는 배가 고프면 밥을 먹는 것과 같이 자연스러운 일이다.

놀면서도 그리고 누워 있다가도 그린다.

회의하다가도 그리고 멍하게 있다가도 그린다.

그림은 언제나 재미있으니까!

왜 괴물이냐고?

사물을 그대로 그리는 건 재미가 없었다.
내 마음대로, 붓이 가는 대로 그렸더니 여러 가지 괴물들이 태어났다.
한 번도 보지 못했던, 세상에 없던 그 무엇.
내가 그린 괴물을 본 사람들이 저마다의 느낌을 이야기하는 게 좋았다.
어떤 사물과 똑같이 그려야 한다는 생각을 버리면
훨씬 더 멋진 그림을 그릴 수 있다고 나는 믿는다.

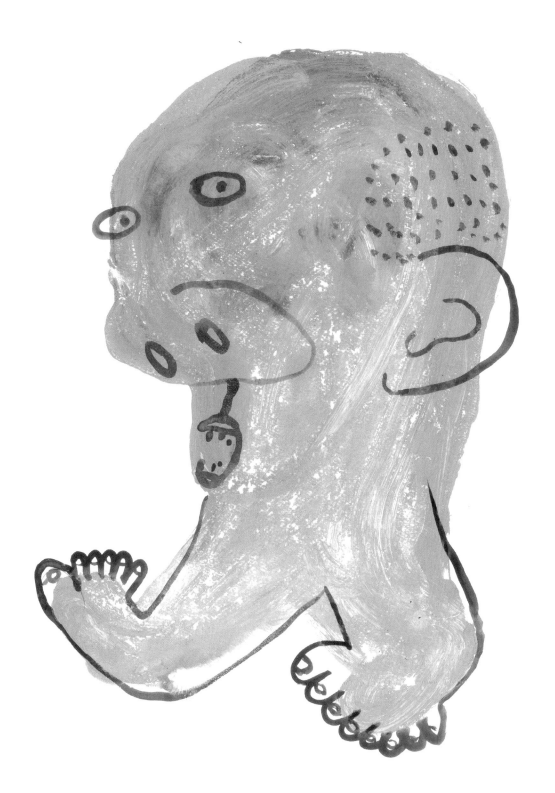

마음대로 감상해

사람들은 자꾸 내가 그린 괴물 그림을 보고 무얼 그린 거냐고 물어본다.

나는 마음 가는 대로 생각해 보라고 한다.

구체적으로 알고 있는 '무엇'을 그리지 않았기 때문에

더 많이 상상하고 더 많은 이야기를 만들 수 있다.

감상은 보는 사람의 것이니 각자 자유롭게 생각하면 좋겠다.

가족이나 친구들이 모여 앉아서 내가 그린 괴물 그림을 보며

상상한 이야기를 서로 나누면 즐거울 것이다.

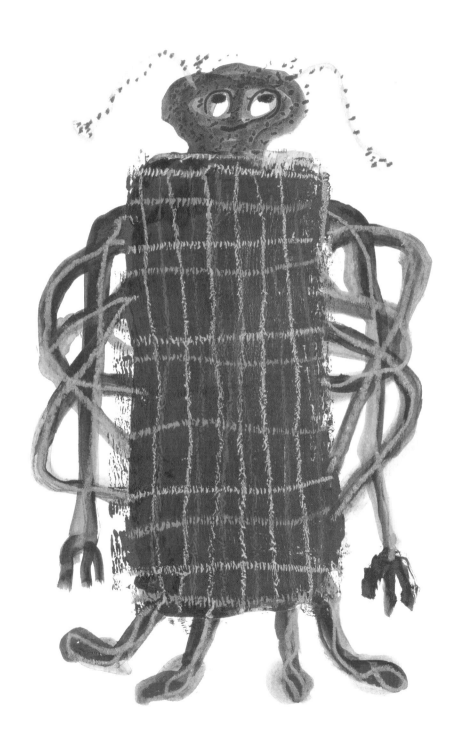

설렁설렁 그리는 기술

그림 수업을 하다 보면 어떻게 해야 그림을 잘 그리느냐는 질문을 많이 받는다.

그럴 때마다 이렇게 말한다.

"잘 그리겠다는 생각을 버리고 편안하게 그리면 됩니다."

모두 어이가 없다는 표정이다.

하지만 이게 가장 정확한 방법이다.

모든 일은 힘을 빼기만 해도 더 잘할 수 있다.

내가 오랫동안 그림 작가로 일할 수 있었던 건 설렁설렁 그렸기 때문이었다.

힘을 빼고 설렁설렁. 부담 없이 설렁설렁.

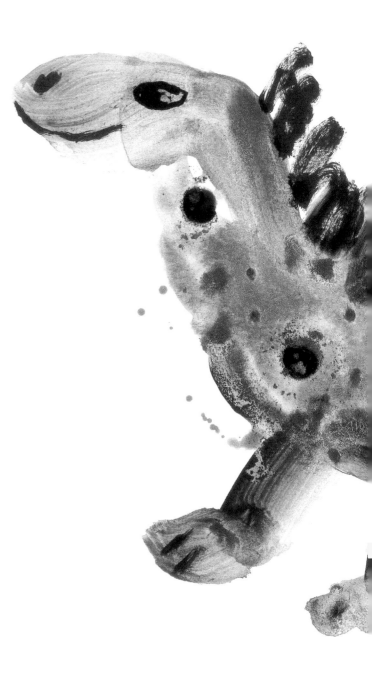

그림의 속도

나는 달리기도 느리고, 수영도 느리고, 생각도 느리다.
집중력이 좋지 않아서 오랫동안 한 가지 일을 잘 하지도 못한다.
그런데 그림은 빨리, 꾸준히 그린다.
그림이라도 이렇게 할 수 있으니 다행이다.
오래 붙잡고 그려야 할 그림도 있지만
순간적인 느낌을 포착해야 하는 그림도 있다.
정답은 없다.

우연히 시작되고 갑자기 끝나는 그림

처음부터 모든 것을 계획하고 그림을 그리는
사람도 있지만 나는 그러지 않는다.
내 그림에는 치밀한 계획 같은 건 애초부터 없다.
'나는 왜 이렇게 계획적이지 못할까?'
'내 그림은 왜 단단하지 못한 걸까?' 하며
자책할 때도 있었지만 이제는 내 그림과 방식을 인정하기로 했다.
사람마다 생긴 게 다르고 성격도 다르니까.
그래서 재미있는 거니까.

계획은 계획일 뿐

계획은 거창했는데,
머릿속에서는 대작을 그리고 있었는데…….
그려 보면 마음대로 안 될 때가 더 많다.
계획은 계획일 뿐이다.

계속 의심하고 있구나

"나의 상상력은 왜 이렇게 빈곤하고 나의 그림은 왜 새롭지 않은가.
이 일을 계속할 수 있을지 의심이 든다."
예전에 써 둔 메모를 살펴보다가 이런 글귀가 눈에 띄었다.
힘들어하면서 그림을 그려 온 날들이 있었다.
그림을 계속 그릴 수 있을지 재능을 의심한 날이 많았다.
지금도 가끔은 그러지만…….

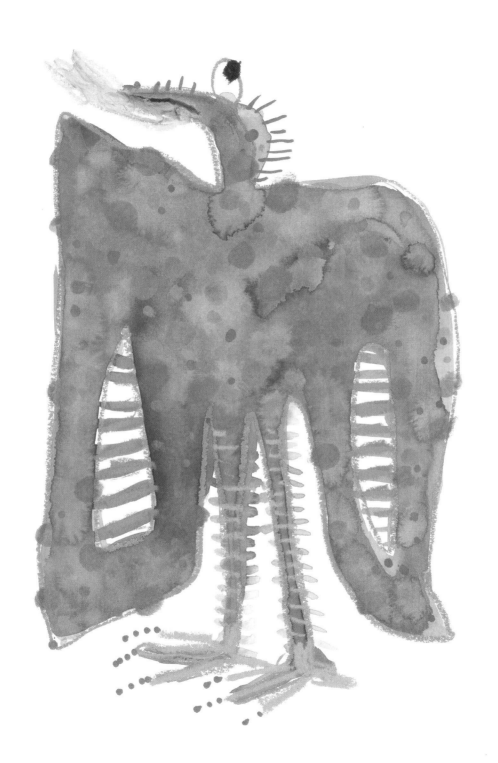

내가 만든 세계

어린 시절에는 낙서를 하며 대부분의 시간을 보냈다.
밖에서는 내성적이고 말이 없는 아이였지만 그림을 그릴 때는 달랐다.
내 그림 속에서는 언제나 무거운 갑옷을 입은
장군과 병사 들이 무기를 들고 전쟁을 했다.
나는 그 세계의 설계자이자 지배자였다.
그림은 내가 현실에서 이룰 수 없는 것을 무엇이든 가능하게 해 주었다.

엉뚱하게 그리기

딱풀이 눈에 띄었다.
'딱풀로 그려 볼까?'
종이에 수채화 물감을 칠하고
딱풀로 문질렀더니 재미있는 그림이 되었다.
대학교 1학년 때는 그림에 불을 붙이면
어떻게 보일까 상상하다가
실제로 그림을 태워 본 적도 있다.
불이 확 붙으면서 소동이 일어났었지…….

책에 그림을 그릴 때

그동안 많은 동화책, 그림책에 그림을 그렸다.

이런 작업을 할 때는 먼저 글을 읽고 이야기 속 주인공을 상상해 본다.

머리 모양은 어떨까? 키는 얼마나 클까? 걸음걸이는 어떨까?

그리고 나 혼자 글 속의 상황을 연기해 보기도 한다.

주인공은 지금 이런 자세로, 이런 표정을 짓고 있을까?

문장 너머의 이미지를 그려 이야기 세계의

폭을 넓히는 것이 책 그림의 매력이다.

최고의 칭찬

누군가 내 그림을 보고
"쉽게 그린 것 같다."라고 말한 적이 있다.
무심코 그린 그림 같은데 자꾸 보고 싶은 그림이라고도 했다.
이건 최고의 칭찬이다.
내 그림은 대충 그린 것처럼 보이지만
내가 이런 그림들을 그리기 위해 버린 그림과
쌓아 온 세월은 만만찮다.
쉬워 보이지만 정말로 쉬운 건 별로 없다.

시간을 되돌리는 그림

'데칼코마니'는 미술 시간에 한 번쯤 해 봤을 것이다.
물감을 잔뜩 바르고 종이를 덮어서 찍어 내면
우연한 효과로 만들어진 그림이 '짜잔' 하고 나타난다.
덮었던 종이를 들춰 보며 어떤 그림이 나올지 설레던 기억들.
내가 만든 그림을 자랑스럽게 가족에게 보여 줬던 추억들.
그림을 그리면 그런 시간 속으로 다시 빠져들 수 있어서 좋다.

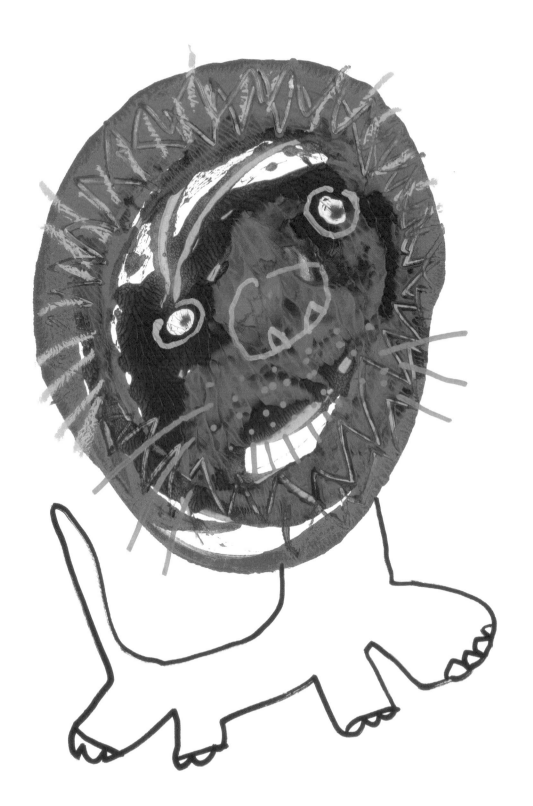

그림을 그려 보니 그림을 그리는 사람들이 훌륭해 보인다.

그림에 관심이 없던 내가 그림을 그리는 것 자체가 달라진 것이다.

그림을 그려 전시장에도 가고 사람들 관심도 받으니까

세상이 다 내 것처럼 느껴진다.

병상에 있는 남편을 생각하면 그림은 내게 사치인가 생각이 들다가도

그림 덕분에 잠시나마 근심 걱정을 잊어버리게 된다.

— '순천 소녀시대' 김정자 —

그림을 그리니까 두려움이 없어졌다.

공부는 못하면 애가 타는데 그림은 못 그려도 걱정이 덜 된다.

글로는 남한테 보여 줄 것이 없는데 그림으로는 보여 줄 수 있어 좋다.

그림을 그리니까 우울했던 마음이 밝아지고 건강이 좋아졌다.

— '순천 소녀시대' 손경애 —

재능이란

그림을 잘 그리는 재능은 따로 있는 걸까?
그렇다. 재능은 따로 있다. 그리고 그 재능은 다양하게 나타난다.
관찰을 잘하는 재능, 꼼꼼하게 그리는 재능, 자유롭게 그리는 재능,
색을 조화롭게 쓰는 재능, 기발한 생각을 하는 재능…….
사람의 모습이 다 다른 것처럼 각자의 재능이 다르니
나에게 재능이 있는지 없는지
걱정만 하지 말고 자꾸 그리며 찾아 보자.

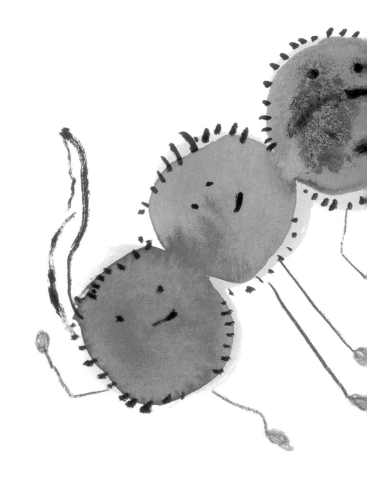

할머니들과 그림을 그리면

평생 그림이라고는 그려 본 적 없는 할머니들에게 그림을 가르쳤다.

할머니들은 몸통 없이 얼굴과 팔을 붙여서 그렸다.

재미있고 신기해서 나도 그렇게 그려 봤다.

그리던 대로 그리지 않으니 더 재미있는 그림이 되었다.

나는 미술 대학에 들어가기 위해 고등학교 때부터 그림을 '제대로' 배우기 시작했다.

소위 입시 미술을 해서 대학에 들어갔다.

내가 그림을 '제대로' 배우지 않았더라면 더 재미있는 그림을

그릴 수 있었을 거라고 자주 생각한다.

배운 것을 털어 내고 새롭게 시작하는 것, 그게 이렇게 어려울 줄이야.

눈물이 핑

그림 수업을 할 때 수강생들의 그림을 보며 칭찬을 한다.
색감이 새로워서 칭찬하고, 구도가 독특해서 칭찬하고,
캐릭터 묘사가 좋아서 칭찬한다.
나는 그 그림들이 정말로 좋아서 하는 말인데
수강생들은 칭찬을 들으면 '나도 잘하는 것이 있구나.' 하는 생각이 들어
눈물이 핑 돈다고 한다. 그 말에 나도 눈물이 핑 돈다.

잃어버린 대담함

아이들은 빈 도화지에 아무런 망설임도 없이
그림을 그리기 시작한다.
'어떻게 곧바로 그리는 거지?'
'스케치도 없이 이렇게 그리다니.'
직업으로 그림을 그리는 나도 배우고 싶은 대담함이다.
아이들은 손이 가는 대로 쓱쓱 그려서 멋진 그림을 뚝딱 만든다.
하지만 이랬던 아이들이 중학생, 고등학생이 될수록
점점 더 고민을 많이 하고 자신감이 없어진다.
무엇이 그들의 대담함을 빼앗아 가는 걸까?

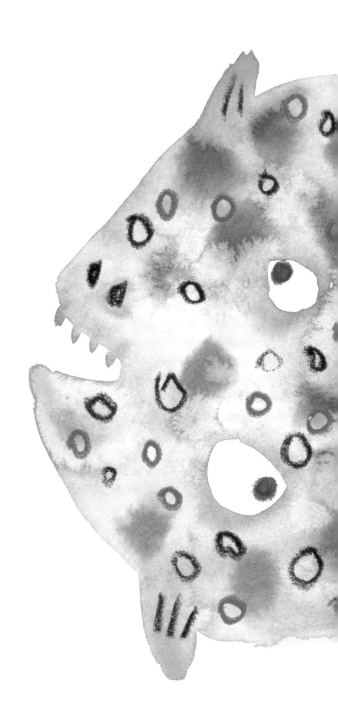

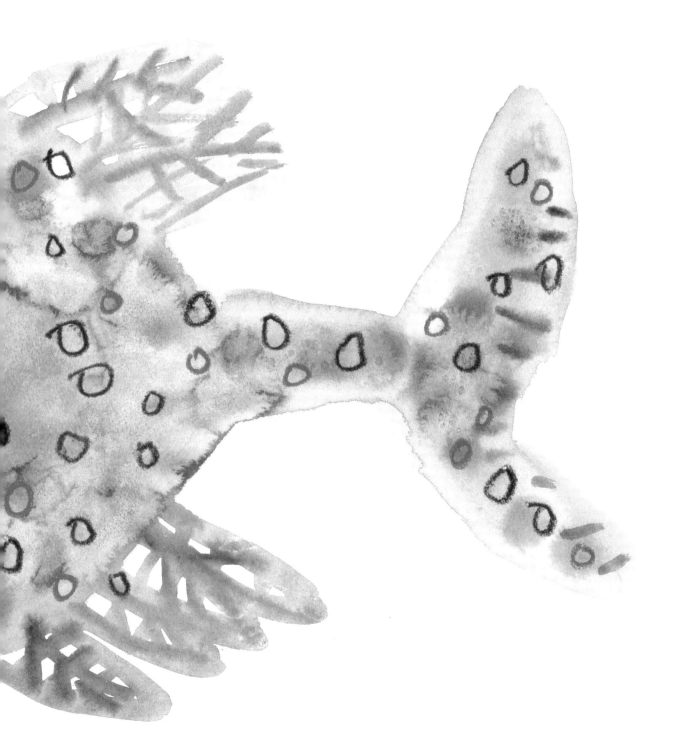

미술 점수란

그림 그리기에 자신이 없다고 말하는 어른들을 많이 본다.

학교 다닐 때 낮은 미술 점수를 받거나 선생님의 혹평을 들은 뒤부터

그림을 그리지 않았고 이제는 그림 그리는 게 두렵기까지 하단다.

왜 그림에 점수를 매기는 것일까?

어떤 게 잘 그린 그림이고 어떤 게 못 그린 그림일까?

상상력과 창의력을 숫자로 평가할 수는 없다.

고백하자면 나도 미술 점수가 높지 않았다.

미술 대회 심사

어쩌다 미술 대회에서 심사를 한 적이 있다.
수상작은 목소리 큰 심사 위원의 뜻대로 결정되었다.
그때 나는 다른 작품이 더 좋다고 생각했다. 좋은 작품이라도
어떤 심사를 거치느냐에 따라 상을 받지 못할 수도 있다.
그림을 잘 그리는 것과 상을 받는 것은 다른 일이다.
그러니까 상을 못 받았다고 기죽을 필요가 없다.
(내가 상을 많이 받지 못해서 하는 말은 아니다.)

미술 시간이 싫어질 때

미술 시간에 그림을 그릴 때면
선생님이 스케치북을 꼼꼼하게 다 채워서 색칠하라고 했다.
그게 힘드니까 미술 시간이 점점 싫어졌다.
그때 꼭 종이의 어느 한 귀퉁이도 비지 않게 색칠해야만 했을까?
나는 어른이 된 지금도 종이를 다 채워서 색칠하는 걸 좋아하지 않는다.

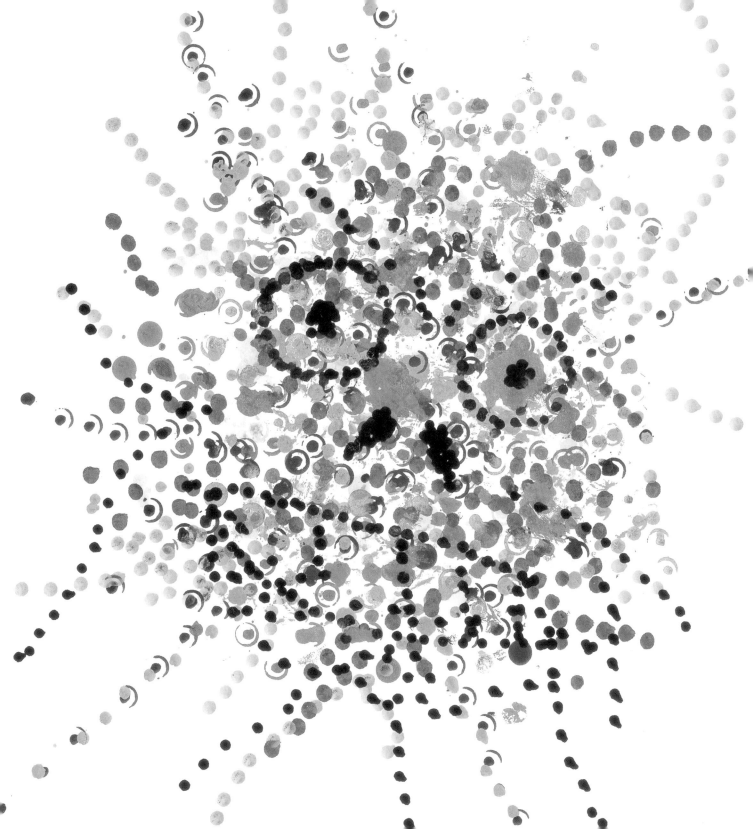

스케치는 필요 없어

내 그림 수업에는 한 가지 법칙이 있다. 연필로 스케치를 하지 않는 것이다.

연필로 스케치를 하고 지우개로 지우기를 반복하다 보면

그림이 자꾸 지저분해지고 그리는 마음이 소심해진다.

스케치 단계를 건너뛰면 더 넓은 세계가 펼쳐진다.

망치는 것을 두려워하지 말고 마음껏 그려 보자.

스케치가 없는 그림을 그려 보자.

안 되는 건 없어

학교나 도서관에서 '작가와의 만남' 행사로 어린이 독자들을 만난다.
아이들과 함께 그림을 그리기도 하고 짧은 그림책을 만들기도 한다.
대부분의 아이들은 신나게 그림을 그리기 시작한다. 하지만 가끔
"이거 해도 돼요?" "이렇게 그려도 돼요?"라고 묻는 아이들이 있다.
평소 안 된다는 말에 더 익숙한 아이들인지도 모르겠다.
이 아이들에게 그림 그릴 때 안 되는 건 없다고 말해 준다.
그러면 아이들은 또 열심히 그리기 시작한다.
그래, 마음껏 그려 보자. 안 되는 건 없어.

얼마큼 크게 그려야 할까?

아이가 종이 한구석에 너무 조그맣게 그림을 그린다고
고민하는 부모님을 가끔 만난다.
넓은 자리를 두고 왜 그렇게 작게 그리는지 걱정이라고 한다.
나는 '미술 심리'나 '미술 치료'를 배우지 않아서 잘 모르겠지만
아이가 하고 싶은 대로 두는 게 좋다고 생각한다.
그림에 나타난 것을 분석하기에 앞서
아이가 그림을 그리는 동안 즐거움을 느끼는 것이 내게는 우선이다.

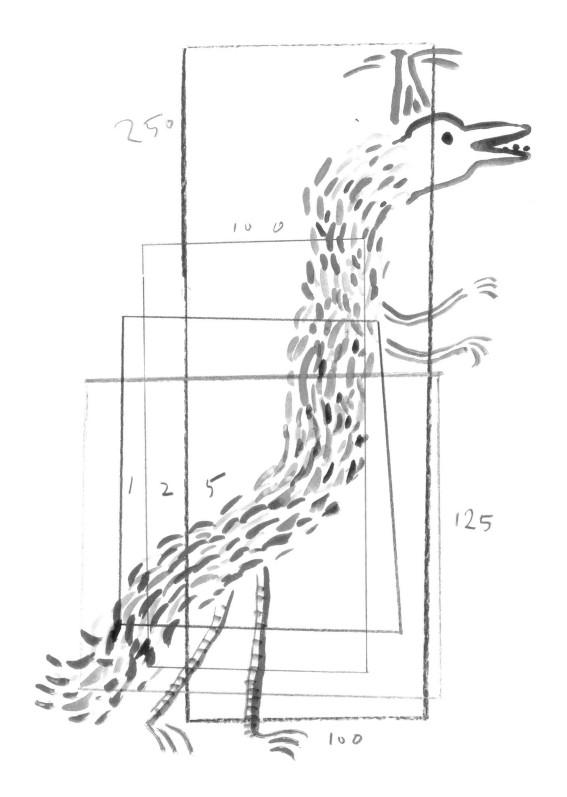

그림은 많은 것을 바꾼다

그림을 그리기 시작한 사람들이 자신에게 변화가 생겼다고 한다.
어떤 대상을 자세히 관찰하게 되었고,
그림 이야기를 하느라 말수가 많아졌고,
세상이 아름다운 것을 느끼게 되었다고 한다.
또한 좋아하는 것을 '그리고 싶은 마음'과 자신감이 생겼다고 한다.
그림은 많은 것을 바꾼다.

그림을 그리니까 달라졌다.

못 그려도 선생님이 잘한다고 하니까

그림에 소질이 있는 줄 알고 열심히 그리고 또 그렸다.

몸이 아파도 그림을 그릴 때는 새벽까지 잠도 안 자고 미쳐 있었다.

그림을 그리니까 스타가 되었다.

사람들이 방송에서 봤다고 알은척하면

내가 작가라고 자랑을 하고 다닌다.

— '순천 소녀시대' 김명남 —

그림을 그릴수록 새로운 아이디어가 계속 떠올랐다.

잠을 설쳐도 피곤하지 않고 그림에 푹 빠져들었다.

그림은 내게 건강도 주고, 즐거움도 주고, 꿈도 주었다.

약초를 키워 술을 담그는 과정을 글로 쓰고 그림책으로 만드는 꿈이다.

그림을 그리기 전에는 세상을 불만스럽게 살았는데

지금은 모든 것이 즐겁고 아름답게 보인다.

— '순천 소녀시대' 김유례 —

무엇을 그려야 할까?

대부분의 사람들이 처음 그림을 그리기 시작할 때
무엇을 그려야 할지 모르겠다고 한다.
가까이에 있는 사물부터 그려 보면 좋겠다.
내 가방 속에 있는 물건들을 그리고, 방 안을 그리다가
집 밖으로 나가서 동네를 그리고,
지나가는 강아지와 사람들을 그려 보는 거다.
그것도 지겨워지면 이렇게 엉뚱한 괴물을 그려 보자.
머릿속에 있는 상상들을 그리기 시작하면
그릴 것이 없다던 때는 어느새 까마득해질 것이다.

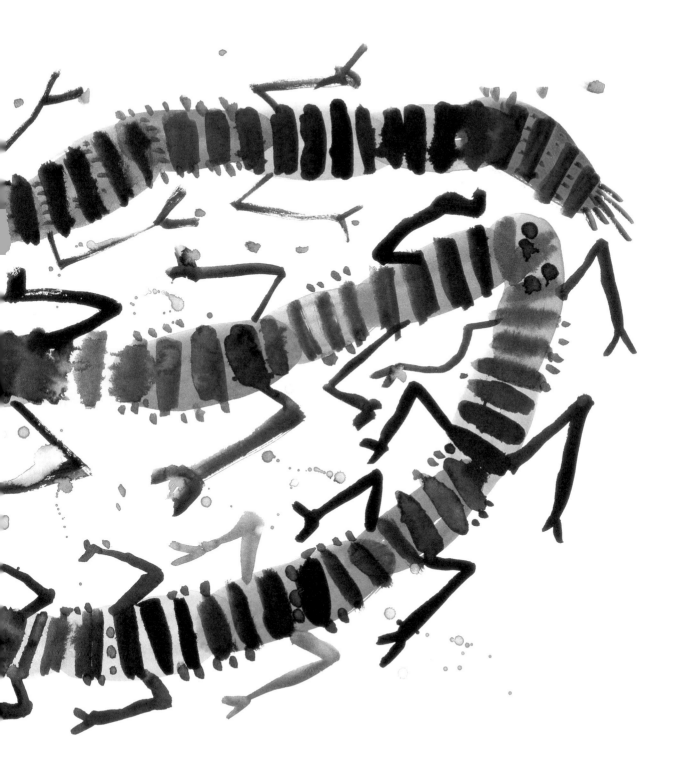

그림의 시작

물론 나도 무엇을 그릴지 떠오르지 않을 때가 있다.

그럴 때는 종이 위에 동그라미를 여러 개 그려 본다.

동그라미들을 잘라 서로 연결하거나 이리저리 위치를 옮기다 보면

어느새 동그라미들이 뱀처럼 보이기도 하고 벌레처럼 보이기도 한다.

머릿속에만 맴돌던 막연한 것이 형태가 되어 나타난다.

그림의 시작은 몸을 움직이는 것이다.

그림으로 상상하기

재미있는 그림을 만들려면 익숙한 것에 작은 변화를 주면 좋다.
물고기 꼬리에 발을 그려 보거나 새 얼굴에 코끼리 귀를 달아 보거나
사자 다리를 여덟 개로 만들어 보는 거다.
나는 그림을 그리면서 이렇게 엉뚱한 상상을 하는데,
이게 바로 나의 놀이이다.

화가 난 날에는

'그림이 왜 이렇게 잘 안 되는 거야?'
'벌써 몇 장을 버린 거야?'
오랜만에 그리니 그림이 성에 차지 않는다.
그림이 잘 안 그려지는 날에는 화내는 괴물을 그려 본다.
입에서 빨간 불을 내뿜으면서 어딘가로 마구 달려가는 괴물,
크앙 소리 지르는 괴물, 쿵쿵 주먹을 휘두르는 괴물…….
이런 그림을 그리면 화가 조금 가라앉는다.

실력이 늘려면

내게 그림을 배운 할머니 중 한 분은
매일 새벽 3시에 일어나 한 시간 동안 그림을 그리고
밭으로 일을 나갔다고 한다. 그런 매일이 쌓여
엄청나게 많은 그림이 모였고, 그림 실력도 몰라보게 좋아졌다.
뭐든 꾸준히 하면 실력이 는다. 그림도 마찬가지다.

그림도 운동처럼

그림은 머릿속에서 시작되지만 결국은 몸을 움직여야 하는 것이다.
내 안에 무엇이 있는지, 어떤 가능성이 있는지는
자꾸 그리며 느껴 봐야 알 수 있다.
계속 그리다 보면 어떻게 그려야 할지 몸이 기억하게 된다.
잘된 것뿐만 아니라 실수를 기억하는 것도 중요하다.
훈련된 축구 선수는 실제 경기에서
자기도 모르게 정확한 슛을 하게 되는 법이다.
몸이 기억할 만큼 많이 그려 보자.

처음엔 아무것도 없지만

하얀 종이가 있다. 처음엔 아무것도 없지만
붓과 펜이 움직이면 다양한 세계가 만들어진다.
색이 섞이고 번지면서 종이를 채우고
선과 면이 부딪치며 이 세상에 없던 장면이 펼쳐진다.
놀랍지 않은가!

과감하게 망쳐 보자

하얀 종이가 두렵다는 이들을 많이 만난다. 괜찮다.
일단 시작해 보자. 망쳐 봐야 그림 한 장이다.
새로 또 시작하면 된다.
자꾸 망치다 보면, 이게 그림이 되겠나 싶은 상태에서도
다시 살려 내는 자신만의 비법이 생기게 된다.

잔소리는 사양!

살면서 하지 말라는 소리를 많이 듣고 산다.
'떠들지 마시오.' '뛰지 마시오.' '큰 소리로 말하지 마시오.'
그림을 그릴 때도 이렇게 혹은 저렇게 하라는 게 많다.
선을 반듯하게 그어라, 앞에 있는 것은 크고
뒤에 있는 것은 작게 그려라, 밝은 색을 칠해라…….
그림이라도 내 마음대로 그리면 안 되겠니?

동그라미, 세모, 네모

그림 그리기 두려워하는 할머니들에게 도형부터 그리자고 해 봤다.

동그라미를 그리고 그 안에 눈, 코, 입을 그리면 사람이다.

네모를 그리고 그 위에 세모를 그리면 집이 된다.

모든 그림은 이렇게 시작되었다.

조금 삐뚤게 그렸다고 속상해하지 않아도 된다.

완벽하지 않은 그림이 더 매력적이다.

의외의 성과

옷을 잘 입으려면 다양하게 입어 봐야 한다.
안 어울릴 것 같은 조합도 입어 보면 의외로 잘 어울릴 때가 있다.
옷걸이에 걸려 있을 때와 입었을 때는 또 다르다.
그림을 그릴 때도 이런 도전을 해 본다.
위쪽은 물감과 목탄 가루를 섞어서 두툼하게 그리다가
아래쪽은 단순한 선으로 그려 봤다.
생각으로는 잘 어울리지 않는 조합이었는데 그려 놓고 보니 괜찮은 게 아닌가!

한 발자국 더

수강생들이 그린 그림을 보면
'지금도 멋지지만 조금만 더 그리면 좋겠다.'라는 생각이 들 때가 있다.
그래도 그 말을 하는 것은 항상 조심스럽다.
그림을 어디에서 끝낼지는 그리는 사람의 선택이니까.
망설이다가 살짝 말을 던져 본다.
"조금만 더 해 보시면 좋겠어요. 이 부분에 덧칠을 하면 어떨까요?"
그리는 사람이 기분 좋게 받아들이면 대부분 좋은 결과가 나온다.
하지만 그러다가 오히려 그림을 망치기도 한다.
괜찮다. 한 발자국 더 나가 보는 것도 좋다.
그림 한 장은 망쳤지만 분명 얻은 것이 있을 것이다.

크게 작게

작게 그려 봐도 좋다.
구석에 아주 작게.
아니면 아주 크게 그려 보자.
크기가 달라지면
내가 알고 있는 것도 다르게 보인다.

법칙을 깨는 재미

색을 칠하는 순서가 따로 있을까?
옅은 색부터 짙은 색 순으로 칠하라고
배웠지만 반대로 하는 것도 재미있다.
노란색을 칠하고 그 위에 흰색을 덧칠해 보니
아래쪽에 있는 노란색이 보일 듯 말 듯하여 새로웠다.
배운 것을 깨뜨리면 더 재미있는 그림이 나오기도 한다.

마지막 터치

그림을 그릴 때 마지막으로 얼굴을 그리는 경우가 많다.
이 한 번의 터치로 그동안의 모든 노력이
실패로 돌아갈 수도 있다고 생각하면 긴장된다.
그림을 배우는 분들은 더더욱 그런 것 같다.
눈, 코, 입을 그릴 때 손이 벌벌 떨리고 땀이 흐른다고 한다.
여러 번 연습해 보고 그릴 때는 과감하게 그리자, 겁먹지 말고.

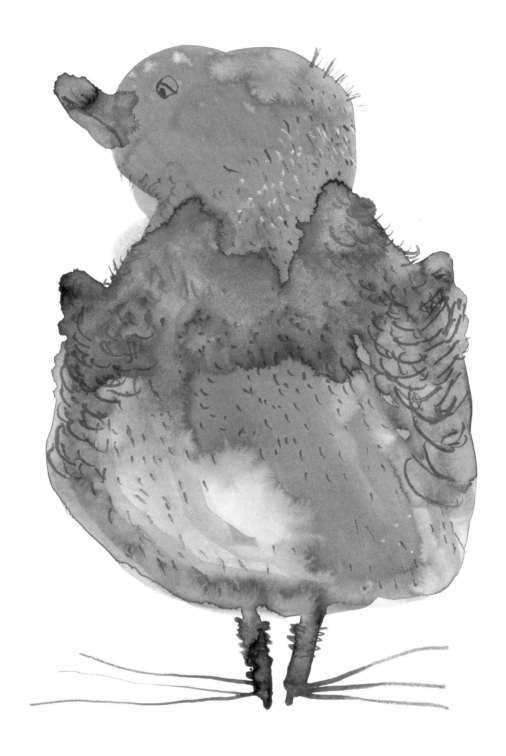

생각나는 대로 손가락 가는 대로 그리고 색칠을 했다.

다른 친구들은 사람을 사람처럼 그리는데

나는 사람을 괴물처럼 그리게 된다.

내가 보면 그림인지 무엇인지 창피한데

선생님이 잘한다고 하니까 마냥 좋았다.

새댁 때 남편이 글을 가르쳐 준다고 해 놓고 내가 못 따라 한다고

포기했을 때는 자존심이 상했는데

나도 잘하는 것이 있구나 생각하니 눈물이 핑 돌았다.

— '순천 소녀시대' 안안심 —

그림을 그려 보니까 공부보다 쉬운 것 같아 맘이 갔다.

그림을 그리고 있으면 편안해지고 재미가 있어 자꾸 그리게 된다.

생전 처음 하는 일이라 겁이 났지만

지금은 용기가 생겨 걱정이 안 된다.

선생님한테 그림을 보여 줄 때는 가슴이 뛰지만

칭찬을 들을 때는 너무 행복하다.

— '순천 소녀시대' 한점자 —

실, 병뚜껑, 수세미, 스펀지

지금 생각나는 그림 도구를 말해 보자. 연필, 붓, 펜…….
그런데 이런 것들로는 그릴 수 없을까?
실, 병뚜껑, 수세미, 스펀지…….
우리 주변에 흔하게 보이는 것들도
훌륭한 그림 도구가 될 수 있다.

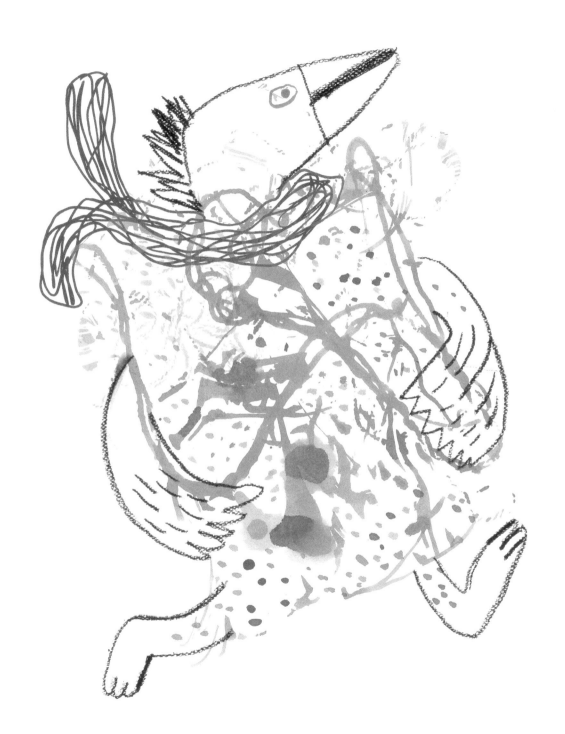

낯선 재료에 당황하지 않기

우리 동네에 오래된 문방구가 있었다.
어느 날 '폐업 세일'을 한다길래 둘러보다가
처음 보는 상표의 왁스 크레용을 사 왔다.
그런데 이 크레용은 아무리 종이에 문질러도
예쁜 색이 나오지 않고 뿌옇게만 보였다.
실패인가 싶을 때 혹시나 해서 수채화 물감을
덧칠하니 어느새 그럴 듯한 그림이 되었다.
색다른 재료는 쓰기 어렵지만 잘 활용하면
전과 다른 그림을 그릴 수 있게 한다.

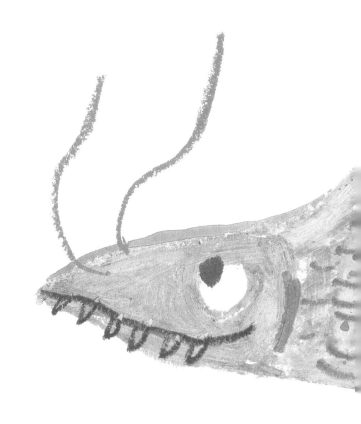

낡은 붓도 좋아

나에게는 좋은 붓이 별로 없다.
세밀한 그림을 그리려면 깨끗하고 섬세한
붓이 필요하겠지만 나는 그럴 일이 별로 없다.
붓은 쓰다 보면 자꾸 거칠어지는데도
새것은 잘 사지 않는다. 익숙한 것이 좋아서이다.
게다가 깨끗한 새 붓으로는 거친 선과 면의
느낌을 낼 수 없으니 오래된 붓도 쉽게 버리지 못한다.
오래된 도구들도 저마다의 쓰임새가 있어서 좋다.

재료를 찾아서

그림을 그리려고 마음을 먹으면 꼭 재료가 없다.
화방이나 문방구까지 가기 귀찮아서 집 안 구석구석을
뒤지다 보면 보물 같은 재료들이 나타난다.
아이가 쓰고 남긴 색종이, 크레용, 색연필 등
흔해서 소중한 줄 몰랐던 재료들이 그것이다.
이렇게 굴러다니던 재료로 대충 그린 그림이 더 좋을 때가 있다.
재료가 없었던 게 아니라 그릴 마음이 없었던 게 분명하다.

연장 좋아하는 목수

훌륭한 목수는 연장을 탓하지 않는다고 하지만

그림을 그릴 때 재료는 아주 중요하다.

다양한 재료로 그려 보면 그만큼 다양하고 풍부한 표현을 할 수 있다.

나는 그림 수업 때 수강생들이 가능하면 다양한 재료를 써 볼 수 있게 한다.

수강생들은 처음에 연필, 색연필과 같이 단출한 재료로 시작하다가

차츰 다른 수강생들의 재료를 보며 좀 더 전문적인 재료들을 사들이기 시작한다.

수업이 끝날 때쯤이면 가방이 오일 파스텔, 페인트 마커, 각종 펜 들로 가득하다.

그걸 보면 슬슬 걱정이 되기 시작한다.

'그림 수업이 끝나도 열심히 그리면 좋겠는데…….'

다들 요즘도 열심히 그리시고 있죠? 그런 거죠?

화방에 갈 때의 마음

화방에 갈 때는 마음을 단단히 먹어야 한다.
종이 몇 장 사러 갔다가 양손 가득 무거운 짐을 들고 나올 수 있다.
알면 알 수록 써 보고 싶은 재료들이 많아진다.
게다가 다들 왜 그리 비싼지.
열심히 그려서 돈이 생기면 또 재료를 사러 가게 된다.
돈은 안 남지만 즐거움은 남는다.

허전할 땐 콜라주

무얼 그려야 할지 막막하고 아무것도
떠오르지 않을 땐 일단 붓을 움직여 본다.
동그라미나 네모를 그리고 그 위에 머리와 팔다리를 그려 본다.
이것만으로는 허전하다면 방 안을 굴러다니는 종이를 잘라서 붙여 본다.
색종이, 잡지, 신문, 영수증, 상표까지 무엇이든 재료가 된다.

그리기 싫을 땐

그리기 싫을 때가 있다.
그럴 땐 그냥 안 그린다.
그러다 보면 또 간절하게 그리고 싶을 때가 있겠지, 뭐.

재료 소개

8-9   튜브 물감, 페인트 마커

10-11   아크릴 물감

12-13   아크릴 물감, 오일 파스텔

14-15   아크릴 물감, 목탄 가루, 페인트 마커

16-17   유성 잉크, 수채화 물감

18-19   수성 잉크

20-21   수채화 물감, 수채 색연필

22-23   수채화 물감, 오일 파스텔

24-25   튜브 물감, 페인트 마커, 펜

26-27   딱풀, 수채화 물감, 펜

28-29   공책, 색종이, 아크릴 물감, 오일 파스텔, 페인트 마커, 펜, 연필

30-31   아크릴 물감, 펜

32-33   튜브 물감, 페인트 마커, 펜

36-37   동양화 물감, 색연필, 콩테

38-39   수채화 물감, 콩테

40-41   수채화 물감, 페인트 마커, 색연필

42-43   수채화 물감, 오일 파스텔, 콩테

44-45   수채화 물감, 색연필

46-47   아크릴 물감, 콩테, 크레파스, 페인트 마커

48-49   동양화 물감, 페인트 마커

50-51   수채화 물감

52-53   수채화 물감, 오일 파스텔, 수채 색연필

54-55   수채화 물감, 콩테, 색연필

56-57   과슈, 오일 파스텔, 색연필, 페인트 마커, 테이프

60-61   동양화 물감, 먹물

62-63   종이, 아크릴 물감, 오일 파스텔, 페인트 마커

64-65   수채화 물감, 콩테, 페인트 마커

66-67   수채화 물감, 오일 파스텔, 연필

68-69   동양화 물감

70-71   콩테

72-73   아크릴 물감, 페인트 마커

74-75   오일 파스텔, 콩테, 페인트 마커, 펜

76-77   딱풀, 수채화 물감, 펜

78-79   수채화 물감, 오일 파스텔, 펜, 연필, 테이프

80-81   아크릴 물감, 흑연 가루, 오일 파스텔

82-83   과슈, 오일 파스텔, 페인트 마커

84-85   수성 잉크, 수채화 물감, 오일 파스텔

86-87   아크릴 물감, 연필

88-89   동양화 물감, 색연필

92-93   실, 수성 잉크, 콩테, 펜

94-95   수채화 물감, 왁스 크레용

96-97   종이, 아크릴 물감

98-99   색종이, 수채화 물감, 페인트 마커

100-101   아크릴 물감, 펜

102-103   병뚜껑, 수성 잉크, 페인트 마커

104-105   상표, 공책, 아크릴 물감, 수정액

106-107   동양화 물감

"이제 여러분만의 그림을 그려 보세요!"

김중수

그리니까 좋다

2020년 2월 3일 초판 1쇄 발행
2022년 9월 6일 초판 2쇄 발행

지은이   김중석
펴낸이   강일우
책임편집   서채린
디자인   이재희
펴낸곳   ㈜창비
등록   1986. 8. 5. 제85호
제조국   대한민국
주소   10881 경기도 파주시 회동길 184
전화   031-955-3333
팩스   031-955-3399(영업) 031-955-3400(편집)
홈페이지   www.changbi.com
전자우편   noma@changbi.com